AF322467

PARIS — IMPRIMERIE PILLET FILS AINÉ
5, RUE DES GRANDS-AUGUSTINS

31 MARS 1866   99ᵖ 34

Vente le Samedi **31 Mars 1866**

OBJETS DE LA CHINE

ET

DU JAPON

MEUBLES & AUTRES OBJETS

Mᵉ Ch. **PILLET**, Commissaire-Priseur.

M. **FEBVRE**, Expert.

EXEMPLAIRE DE H. STETTINER

CATALOGUE

D'ANCIENNES PORCELAINES

DE LA

CHINE ET DU JAPON

ÉMAUX CLOISONNÉS

MEUBLES, PENDULES & TAPISSERIES

FAIENCES & OBJETS DIVERS

Le tout appartenant à M. M⁣···

DONT LA VENTE AURA LIEU

HOTEL DROUOT, SALLE N° 5

Le Samedi 31 Mars 1866

A DEUX HEURES TRÈS-PRÉCISES

Par le ministère de Mᵉ **CHARLES PILLET**, Commissaire-Priseur,
rue de Choiseul, 11,

Assisté de M. **FEBVRE**, Expert, rue Laffitte, 12,

Chez lesquels se trouve le présent Catalogue.

EXPOSITION PUBLIQUE

Le Vendredi 30 Mars 1866, de une heure à cinq heures.

CONDITIONS DE LA VENTE

Elle sera faite au comptant.

Les adjudicataires payeront *cinq pour cent* en sus des enchères.

L'exposition mettant le public à même de se rendre compte de l'état des objets, il ne sera admis aucune réclamation une fois l'adjudication prononcée.

Paris. — Imprimerie de Pillet fils aîné, rue des Grands-Augustins, 5.

DÉSIGNATION

DES OBJETS

Porcelaines de la Chine & du Japon

1 — Deux charmants vases à couvercle en ancien chine. qualité dite coquille d'œuf, forme ovoïde allongée, décor fond rouge de cuivre avec semis d'or, chaque vase orné de dix médaillons en émaux de couleurs, les principaux avec sujets de personnages, scènes de la vie privée.

2 — Deux très-beaux vases en chine, fond partie céladoné, entourant un écusson en relief resté en épargne, offrant en bleu sur fond blanc un vase de fleurs posé sur un lambrequin entouré de nuages ; pièces d'un décor original.

3 — Vase de chine à grosse panse orné en émaux de couleurs du sujet de la déesse Kou-an sur les eaux ; elle est assise sur un dauphin, et précédée du dieu des eaux et d'un radeau conduit par un rameur; le col est décoré de pagodes et d'une femme montée sur un cygne.

4 — Grande et belle potiche de chine à huit pans, tous décorés en bleu, de branches, de fleurs et de papillons.

5 — Jardinière chine. charmant décor de rosaces. d'entrelacs. de frises et de médaillons de fleurs; travail du règne de Kien-Long.

6 — Deux charmants petits vases de forme ovoïde allongée, décor de la famille verte, offrant sur chacun cinq médaillons de vases. de meubles et de fleurs.

7 — Deux grands vases chine, ornés de deux médaillons en émaux de couleurs, l'un un empereur entouré de ses ministres. l'autre un tournois: pièces de fabrique moderne.

8 — Deux grands et beaux vases chine, décor émaillé, le devant avec deux enfants en saillie, le revers avec personnages chinois, réunion de savants.

9 — Deux grandes et belles potiches, ancienne qualité de la famille verte, très-riche décor de paysages, de fleurs, d'oiseaux et de figures.

10 — Potiche à grosse panse, ancien chine, décor à sujets avec grandes figures chinoises.

11 — Deux potiches à huit pans en japon, très-beau décor à deux bleus, vert et rouge avec rehauts d'or; médaillon de fleurs, d'oiseaux et de chimères.

12 — Deux autres plus petites, même genre que les précédentes.

13 — Deux vases à quatre pans, chine, très-belle qualité, avec encadrements d'or entourant des sujets à personnages, cortége et tribunal de mandarin.

14 — Deux grandes et belles potiches à couvercle, en ancien chine, fond bleu perse à rehauts d'or.

15 — Une jardinière hexagone en vieux chine, chaque pan en décor bleu avec paysages.

16 — Grande jardinière chine, fond blanc, décor bleu avec fleurs et poissons.

17 — Jardinière chine, anses à mufles de lions, décor de frises et de paysages bleu sur fond blanc.

18 — Deux très-beaux vases chine, forme balustre à quatre pans ornés sur toutes faces de sujets à personnages, scènes enfantines et de la vie privée; tous ces sujets avec encadrements à semis d'or, anses à chimères; ancienne qualité.

19 — Deux plats chine, de forme ovoïde, beau décor bleu lavé, avec fleurs et médaillons de meubles et de potiches ; belle qualité.

20 — Deux petites jardinières de forme lobée, fond bleu turquoise et ornements émaillés imitant l'émail cloisonné.

21 — Deux petits vases à quatre pans à côtes, charmant décor vert et rouge, avec fleurs et frises.

22 — Brûle-parfums chine, de forme rectangulaire, les quatre parties à quadrilles à jour, décor bleu, vert et or.

23 — Vase à fleurs de forme élevée, décor de la famille verte, oiseaux dans les airs, branchages, fleurs et rochers.

24 — Vase chine rouge fleur de pêcher, fond très-finement craquelé ; bonne qualité.

25 — Vase à panse enflée offrant en tons vert, rouge et bleu, des feuillages, des fleurs et des frises.

26 — Deux cornets chine, décor en émaux de couleurs avec bouquets de fleurs et femmes chinoises.

27 — Un autre plus grand que les précédents, même genre de décor.

28 — Deux potiches chine à couvercles, décor en émaux de
couleurs représentant des dames chinoises auxquelles des
serviteurs apportent des présents.

29 — Vase chine, de forme cylindrique, de la dynastie de
Myngs; magnifique décor en émaux de couleurs représentant des médaillons de paysages, d'oiseaux, de fleurs,
de tigres et d'animaux fantastiques se défendant contr
l'attaque d'oiseaux de proie; le col avec frise, semis de
fleurs et médaillons.

30 — Potiche chine, beau décor de la famille verte, orné en
émaux de couleurs de quatre médaillons, deux avec
oiseaux sur des branches, les deux autres avec meubles.
vases et autres accessoires.

31 — Vase chine rouge rubis, à cinq côtes saillantes.

32 — Jardinière chine de forme hexagone, ornée en bleu de
six médaillons de paysages et de bouquets de fleurs.

33 — Vase en céladon vert d'eau, anses à jour, la panse ornée
de fleurs blanches en relief sous l'émail.

34 — Bouteille chine en rouge rubis flambé.

35 — Jardinière de forme basse en céladon vert d'eau craquelé, ornée d'animaux et de bossettes en relief et sous
émail.

36 — Deux vases japon à couvercles plats, ornés en bleu, en rouge et or, d'un dragon, d'un pélican et de tiges de fleurs.

37 — Vase de forme élevée, chine, fond rouge rubis flambé.

38 — Une petite chimère portant des vases, émail vert et jaune.

39 — Deux bouteilles en très-ancien céladon fleuri et craquelé, les fleurs en relief et en tons bleu et rouge, anciennes montures en bronze doré et gravé.

40 — Pot à anse, avec médaillons à mandarins en émaux de couleurs et rouge de cuivre.

41 — Potiche à couvercle, décor émaillé avec branchanges, fleurs et oiseaux.

42 — Grand plat en japon, très-riche de décor, bleu, rouge et or ; au centre, bouquet de fleurs dans un vase.

43 — Deux beaux plats, décor rose, avec fleurs émaillées avec la feuille de tabac.

44 — Deux jolis plats, vieux chine, de famille verte ; sur les bords, des oiseaux et des animaux chimériques ; au centre, des vases contenant des fleurs.

45 — Deux grands sucriers à couvercles et leurs plateaux, anses et boutons à chimères, décor émaillé avec personnages chinois; pièces de forme hexagone.

46 — Très-beau plat en vieux chine de la famille rose, marli avec médaillons de fleurs; au centre une corbeille avec bouquets.

47 — Deux beaux plats en ancien chine, beau décor de la famille rose; bords festonnés.

48 — Grand plat décor émaillé avec fleurs; très-riche bordure.

49 — Deux autres plus petits, même décor.

50 — Deux autres, décorés au centre de vases contenant des fleurs.

51 — Un plat en vieux japon, décor à cinq médaillons de fleurs.

52 — Plat à barbe en vieux japon.

53 — Théière en ancien chine, fond or avec médaillons à personnages; scènes de la vie privée.

54 — Garniture de quatre pièces, deux cornets et deux vases en ancien chine, décor émaillé avec fleurs et meubles, frises à cachemire.

55 — Vase chine, cylindrique, décor de la famille verte.

56 — Autre vase à grosse panse, décor avec marche et con-
cert d'enfants.

57 — Vase de forme ovale, le milieu enflé, décor de la famille
verte, orné de médaillons, de fleurs, d'oiseaux, de vases
et de meubles.

58 — Cornet même forme et même genre que le précédent,
orné de trois sujets, un tournois, une danse d'enfants et
une promenade de trois personnages dans un paysage.

59 — Deux grands et beaux vases forme balustre, fond vert
avec ornements gravés sous émail; sur le devant, en émaux
de couleurs, sont deux enfants en relief se donnant la
main et retenant les cordons du nœud rouge qui entoure
les cols; oiseaux et fleurs au revers.

60 — Grand cornet chine, fond blanc, décor bleu à bouquets
et branchages.

61 — Vase à haut goulot en céladon café-au-lait, fond truité.

62 — Deux potiches en céladon craquelé, très-ancienne
qualité.

63 — Gargoulette en céladon craquelé fleuri, orné en émaux
de couleurs, de bouquets de fleurs et d'une ceinture à
feuilles d'eau.

64 — Deux vases forme gourde à ceinture étranglée, décor
de fleurs gravées sous fond rose, sur la panse en bas sont
en émaux de couleurs deux femmes avec chimères et un
cygne, sur le haut une autre femme tenant une potiche.

65 — Deux grandes jardinières de formes lobées, en porcelaine de Chine, ornées chacune de médaillons de paysages
en décor bleu sur fond blanc.

66 — Deux grands et beaux vases à huit pans, en porcelaine
de Chine ; chaque pan orné de paysage avec figures, scènes
de la vie privée ; les arêtes avec décor truité ; le haut
offre des médaillons en camaïeu rouge ; le bas, d'autres
médaillons avec des oiseaux. Pièces rares.

67 — Sucrier en chine, fond brun, décor émaillé avec fleurs.

68 — Magnifique potiche en japon, de première grandeur;
riche décor en or bleu et rouge offrant des vases de fleurs,
d'autres fleurs détachées, des insectes, des papillons et
des frises.

69 — Grand vase avec son couvercle, de forme très-élevée, en
porcelaine de Chine, décor bleu, orné de quatre médaillons à personnages chinois, scènes de la vie privée ; en
haut et en bas, frises avec palmettes. Belle pièce.

70 — Beau vase à huit pans, en porcelaine de Chine, décor
de la famille rose ; chaque pan orné de fleurs, de sujets à

figures et d'oiseaux ; toutes les arêtes formant bandes saillantes. Superbe pièce.

Porcelaines allemandes

71 — Perroquet perché, en porcelaine de Berlin.

72 — Grand bol en ancien saxe, orné à l'extérieur de deux beaux sujets à personnages d'après Lancret, un festin et une scène du Malade imaginaire.

Meubles anciens et Bronzes dorés

73 — Meuble à vantaux et tiroirs intérieurs en ancien laque de chine, fond noir avec paysage et rehauts d'or, garniture en bronze doré, découpé et gravé.

74 — Beau meuble en ébène, dit cabinet, travail italien, le bas à colonnes torses, le haut en ébène avec tiroirs et portiques incrustés d'ivoire.

75 — Deux grands brûle-parfums ; travail composé de divers bois de couleur ; ils sont montés sur des socles de même fabrication. Sur une des faces, par un tirage, on fait apparaître un marchepied. Ces pièces importantes sont richement décorées de bronzes dorés.

76 — Table à jeu Louis XVI, avec pied rentrant en bois sculpté, le dessus en bois de rose marqueté.

77 — Lit Louis XIII en chêne sculpté, avec couronnement soutenu par des colonnes, orné de ses rideaux et lambrequin en ancienne brocatelle verte doublée de soie blanche.

78 — Petit meuble à tiroirs, dit cabinet, en bois incrusté d'ivoire ; travail indien.

79 — Deux girandoles à deux lumières, en bronze doré, de l'époque de Louis XVI.

80 — Charmante petite pendule de l'époque de Louis XVI, en marbre blanc et bronze doré, très-fine de ciselure; cadran formant socle, couronné d'un vase de fleurs; le bas à volutes, frises et feuilles d'eau. (Chailles, horloger à Lille.)

81 — Pendule pyramide en marbre blanc, dominée d'une sphère, le devant orné d'un bas-relief de femmes et d'amours. (Merra, horloger à Paris.)

82 — Régulateur de l'époque de Louis XV. Très-belle gaîne en chêne sculpté, à ornements rocaille.

83 — Meuble italien dit cabinet, à deux vantaux, en ébène et palissandre ; à l'intérieur, un portique entouré de seize tiroirs, en ébène incrusté d'ornements en ivoire.

84 — Meuble d'entre-deux en chine, formant bureau, surmonté d'une vitrine.

85 — Grand lustre hollandais à quatorze lumières.

86 — Meuble Louis XVI à hauteur d'appui, en bois d'acajou, orné de frises, de tigettes et d'un médaillon en bronze.

87 — Grande et belle pendule Louis XIV, en marqueterie de cuivre sur écaille, le haut dominé par la figure du Temps, le bas avec celles de Jupiter et Léda.

Émaux

88 — Vase balustre en émail cloisonné de la Chine; il est orné de deux frises et de fleurs, la panse offre un paysage chinois avec montagnes et astres, dans les airs, des combats de dragons. Décor en émaux de couleurs sur fond turquoise d'un bleu magnifique, anses à mufles de lions.

89 — Grande et belle vasque chinoise à riche décor en émaux de couleurs imitant l'émail cloisonné, pied sculpté en bois de fer.

90 — Très-beau vase ,forme balustre, en émail cloisonné, avec bleu translucide, orné de sept frises de fleurs et d'ornements, la plus grande avec dragons et signes em-

blématiques, le tout en émaux de couleurs sur fond turquoise; anses mobiles en cuivre avec têtes de tigres.

91 — Coupe en émail cloisonné de Chine. Cette pièce offre à l'extérieur, sur un fond turquoise translucide, des arbres, des fleurs de pêcher et des fraises; à l'intérieur, des cigognes et des animaux emblématiques. Ces sortes de coupes étaient faites pour les mandarins, qui les réservaient pour les cadeaux.

92 — Grande coupe ancienne en émail de Venise, fond bleu avec semis d'or, au centre frise blanche.

93 — Boîte en écaille ornée d'un médaillon en émail de l'époque de Louis XV; scène pastorale d'après Boucher. trois figures.

Faïences

95 — Vase à anse en faïence dite de Perse, beau décor d'œillets et de tiges en émaux bleu, vert et rouge corail.

96 — Un plat, même faïence et même genre de décor.

97 — Un autre plus grand que le précédent; même genre.

98 — Jardinière en faïence de Rouen, décor à la corne.

99 — Deux pots en faïence de Lorraine, décor de fleurs.

Objets divers

100 — Vase en jade gris à quatre pans, orné de deux frises saillantes, le col entouré d'une chimère en relief, socle en bois sculpté d'un travail très-fin.

101 — Montre en argent à double boîte de l'époque de Louis XIV, le dessous avec sujet repoussé.

102 — Une autre, même époque et même genre que la précédente.

103 — Montre Louis XVI en or ciselé à médaillons.

104 — Grand brûle-parfums en bronze du Japon.

105 — Tasse à bouillon en étain, époque Louis XIII.

6 — Deux vases à fleurs en ancien sèvres, pâte tendre, avec galeries à jour offrant des médaillons entrelacés, pieds en bronze doré.

07 — Deux petites coupes chinoises en écaille laquée or, offrant des paysages, des rivières et des jonques.

08 — Vase à six pans en laque rouge de la Chine; sur les principaux côtés sont des médaillons à personnages entourés d'ornements; anses mobiles avec mufles de lions. Très-beau socle en bois très-finement incrusté d'argent.

Tapisseries & anciennes Soieries

109 — Quatre charmantes tapisseries de Beauvais, sujets pastoraux dans la manière de Boucher.

110 — Très-belle tapisserie de Flandre, sujet allégorique de l'Automne, avec les figures de Diane et de Bacchus tenant un médaillon de chasse. Bordure avec rinceaux et fruits. Haut., 3 mèt. 70 cent. ; larg. 5 mèt.

111 — Autre tapisserie, allégorie du Printemps ; composition de dix figures. Belle bordure d'ornements et de fleurs. Haut., 4 mèt. ; larg., 5 mèt. 70 cent.

112 — Ancienne tapisserie flamande, avec le sujet de Vénus et Adonis. Très-riche bordure. Haut., 2 mèt. 95 cent. ; larg., 2 mèt. 50 cent.

113 — Onze morceaux d'anciennes tapisseries de Beauvais. Bordures et fragments, avec ornements, fleurs et animaux.

— Autre lot d'anciennes tapisseries à la main de l'époque de Louis XIV, pouvant servir pour lambrequins.

114 — Robe chinoise en satin brun broché et brodée en soie de couleur, avec fleurs et dragons.

115 — Six rideaux et deux lambrequins pour garniture de lit, en soie mauve, avec ornements et fleurs imprimés, genre perse.

72
82

154.70
161.70

72
82
154

RED. :

19

graphicom

BIBLIOTHEQUE

NATIONALE

DE FRANCE

****

CHATEAU

DE

SABLE

1995

www.ingramcontent.com/pod-product-compliance
Lightning Source LLC
LaVergne TN
LVHW011026050726
842519LV00004B/1245